혼자 점심 먹는 사람을 위한 시집

혼자 점심 먹는 사람을 위한 시집

황인찬 주민현 오은 안미옥 성다영 백은선 김현 김승일 강혜빈

한겨레출판

차례

황인찬

부록

강혜빈

시인. 사진가 '파란피(paranpee)'.

뉴노멀이 될 양손잡이.
2016년 〈문학과사회〉 신인문학상을 수상
하며 작품 활동을 시작했다.
시집 《밤의 팔레트》가 있다.

희망 없는 산책

흰 문을 밀고
들어섰을 때

일곱 대의 기계들이
나란히
반겨주었습니다

왼쪽 눈에
솔방울이 자라났군요

솔방울은 작고
가벼워서
달고 다니기에 좋았는데요

어쩌면

소나무가 되어가는 걸까요

나무보다는 로봇에
가깝다고 생각했는데

로봇은 인간과 비슷한
형태를 가지고
걷기도 하고 말도 하고

사랑도 하고
더한 것도 하는데

눈꺼풀을 덮는
차가운 막대기

사, 칠, 오, 삼?
팔? 물고기 오른쪽
미안합니다

빨간 지붕의 집과

초록색 × 표시를
멍하니 바라보다가

번쩍 나타나는
커다랗고 투명한
스노볼

흔들기 직전의 상태
흔들기 직전의……

뒤에는 무엇이 있습니까
뒤로
더 뒤로 가야 합니까

잃어버린 속눈썹들
녹지 않는 눈
소복이
거기 쌓였습니까

알고리즘을 벗어난 부품처럼

움직이는

나는 소년이 아닙니다
그렇다고
소녀도 아니고
노인도 아닌

펭귄도
레몬도 아닌
선인장도
달팽이도 아닌

애매모호한 얼굴로

문을 나섰습니다
솔방울도 함께입니다

전진
전진

발바닥에서 느껴지는
진동이 좋아

뛰어가는
개의 뒤꿈치는 건강하고요

행인은 대파를 이고 지나가네요
신호등이 켜집니다

스튜디오의
네온사인에는 반짝이는 글씨

「영정 사진 촬영 가능」

오늘은 이릅니까
오늘은 말끔하지도 않고

함께 무단횡단을 하는 사람에게
청혼해보는 것도 좋겠습니다

뭉툭한 발끝과
어두워지는 하늘

밤의 산책로를
낮에 다시 걸었을 때
모든 풍경이 재배치되었습니다

앞으로 나아갈 때마다 불거지는
허벅지 근육을 만져봅니다

소나무처럼
우뚝

눈알 속에서 부유하는
여름의 빛

다가오는 점심

여자는 오후 열두 시가 되면
언제나 혼자서 이곳에 온다

메밀국수 한 그릇 주문하고
대부분 벽을 응시한다

벽 속에서
아는 사람의 글씨체를 보았다고

어느 날에는 중얼거린다

미래의 언어를 쓴다는 그 사람은
자신의 시대가 아직 오지 않음을 슬퍼하며
먼 곳으로 떠났다는데

「어서 오십시오

시간이 거꾸로 흐르는 식당입니다」

발들이 문을 열 때마다

짤랑이는 종소리

여자는 언제나 나무젓가락을

반듯하게 쪼개는 일에 실패했다

어릴 적, 목구멍에 걸린 생선 가시를

핀셋으로 뽑아낸 적이 있다고 했다

적막이 흐르는 공간을

금세 웅성거리게 만드는 법을 안다고 했다

언제나 혼자였던 사람

반드시 혼자서 알고 있는 사람

물컵을

두 손으로 떠받치고 있으면,

흐릿한 신호가 느껴진다고

시간과 공간의 테두리를 벗어난
차가운 면발을 집어 올리며,
여자는 묻는다

눈 밑에는
한 호흡에 그린 것처럼 정확한
점 하나

도시의 소리에는 규칙이 있고
물고기가 달려 나가고
자전거가 헤엄치는 광장이 있고

말하는 사람의 의중을 파악하는 일은
물맛의 차이점을 느끼는 일과 비슷해서

점심이라는,
어떤 장르를 만드는 일과 같아서

그러나 여자에게

가벼운 친밀감을 느끼기 시작할 때
오늘분의 점심시간은 끝이 나고

사람들은 문득 잠에서 깨어난 것처럼
서둘러 바깥으로 나선다

아무것도 없어야만
존재할 수 있는 허공처럼
이곳은 이곳에 있다는 사실만이
이곳을 있게 해서

이곳은 있으면서 없다

나는 묵묵히 메밀을 씻는다
남겨진 벽이 새하얗다

익선동

수상하고 좋은 날이다

커다란 성벽 따라 걷는다
오늘 새로 태어난 가을처럼
허리를 곧게 펴고

주머니에 손을 넣어본다
한 사람의 주먹에 꼭 들어맞는다

마치
아무런 일도 일어나지 않을 것처럼

홀연 사라지는 간판들
시절보다 먼저 물러나는 중인
어떤 구름들

개개비는 개개개 울고
매미는 맴맴맴 운다는데
나는 무어라고 울까

아날로그 기계가 되고 싶은
디지털 인간은 제법 쓸쓸해 보였다

오늘 같은 날에는 아무나
이름을 불러주었으면 좋겠어

우연히 같은 이름을 가진
주인공이 자리에서 일어설지라도

수상하고 좋은 날이다

오랜만에 만난 사람의 뒷모습에서
느티나무 같은 그늘을 보았다

"그동안 당신이 죽을까 봐 걱정했어요"

한 그루의 나무에서

함께 늙어가는 나뭇잎들은 어쩐지

다정하고 무상하지만

이 좁은 골목 안에는

더 깊은 반성과 비밀과 기다림이 있어

오늘 참 쾌청하지요

공연히 날씨 이야기만 하게 되어도

저절로 믿어지는 사랑이 있다

뒤돌아보지 않고 떠나는 사람과

다만 빈집으로 두는 사람

"아무도 되지 않아도 괜찮아요"

가을에 부는 바람의 이름은

소슬바람

나는 당신의 이름이

'류' 자로 시작한다는 것을

알고 있다

불 꺼진 집들

장미 마을
매매가 7억

플라타너스 우거진 골목 걸으며
남의 집 창문을 세어보았다

왜 불을 켠 집이 없지?
대낮이라 그런 거 아닐까

아니면 사실 모두 빈집일까
아니야 사람들이 돌아다녀

나는 보지 못했지만

그래도 같이 걸으니 좋다 그치?

그러게

그러게

비가 오려고 하나 보다

그러나 끝내 비는 내리지 않았고

이마에 조금씩 땀이 맺혔지

낡고 낮은 아파트다

네모에 둘러싸인 어떤 공원

어쩌다 보니

모르는 단지를 걷고 있었다

우리보다 더 높고 커다란

돌탑이 세 개

우뚝

세 가족 같은

벤치 옆으로

호박이 자라고 있었다

꽃 같은 게 노랗게 피었네
전화선처럼 동그랗게 말린 가지들

너는 계속 신기해 신기해 그랬다
나도 신기하다 신기하다 그랬지

우리 집은 여기서부터 멀고
너무 멀어서
처음부터 없는 것처럼 느껴졌다

돌아가는 길은 끝나지 않고

날이 나빠서 복권을 샀다
수동 2천 원 자동 3천 원

돈 생기면 뭐부터 하고 싶어?
절대로 놀라지 않을 거야
그리고……

"고양이를 찾습니다"

이마에 검은 십자 무늬가 있고
꼬리가 안으로 굽은 아이

전단지 귀퉁이에는
양손으로 얼굴을 가린
사람 그림이 있다

손바닥 안의 표정은
보지 않아도 알 것 같아

그런데
호박은 원래 바닥에서 열리지 않나?

궁금했지만 찾아보지 않았다

우리가 나란히
걸을 수 없을 때

나는

그날의 산책을 떠올릴 것이다

검은 문

간판 없는 찻집에서
월요일 한낮의 극이 상영되었다

1부는 촛불 타는 냄새와
여름에 마시는 크리스마스

두 인물은 나무 평상에 마주 앉아
소원 빌고 손뼉 치고
미래의 서른을 미리 축하했다

유리로 지어진 주전자의 지붕에는
물방울의 형상을 한
미완의 마음들이 매달려 있었다

한 인물이 그을린 초의 심지를 닦을 때

한 인물은 뚜껑을 누르고
맑은 차를 따른다

2부는 아포칼립스의 징후였다
커다란 직사각형의 창문은
또다시

네 개의 직사각형으로 나뉘고
제1사분면과 제4사분면에서는
여름의 나무가 세차게 떨고 있었다

두 인물은 물귀신과 좀비와 슬라임,
세계 이후의 빛에 관해 이야기했고
멀리서
검은 새 떼가 날아갔다

그동안 무대 위에는
광목 커튼 뒤로 숨죽인 주인과
두 인물만이 존재했다

3부에 이르러 한 인물은

비로소 자신이 극 속에 있음을

감각했다

필연적으로

공간의 뒤틀림을 느낀 인물은

어느 틈에 의자를 채운 인물들을

바라보며 웃었다 양반다리를 하고

이미 비워진,

찻잔은 모두 네 개

먹색의, 광택이 없는

안이 보이지 않는 찻잔을

한 인물이 좋아하였고

한 인물은 너무 투명해서

부끄러워지는 찻잔을 좋아했다

내부로 침투하는 나무 그림자는
조금씩 기울고 있었다

양반다리를 한 인물은
한 인물이 앉은 쪽으로
다리를 늘어트렸고
한 인물은 그것을 허용했다

찻집은 찻집 위로 겹쳐져
미래의 공간을 빌려 입었다

장면이 전환될 적에 재생되는
인공적인 새소리는
분명한 의도가 있었다

월요일 한낮의 극에는
갈등이 없고
다만 비스듬히 마주 앉은
눈빛이 있었다

한 인물은 이제
저려오는 다리를 접어 앉고
허리를 곧게 편다

그동안 한낮의 열기는 조금 식어 있었고,
두 인물은 미묘하게 은은해진 얼굴로

검은 문을 밀고
찻집을 나선다

김승일

나는 정말로 점심에 시를 쓰는 사람이다.
점심에 시를 쓰지 못하면 그 날은 시를 쓰지 않는다. 보통 그렇다.
시집으로 《에듀케이션》, 《여기까지 인용하세요》 등이 있다.

점심

점심이 아니잖아? 점심이어야 되는데. 점심이 될 때까지 자야지. 그렇게 어떤 사람이 계속 잠을 잤다고 한다. 내 얘기는 아니고 어떤 사람에 대한 얘기다. 이 사람은 내가 떠올린 사람인데 내 시에 등장하는 사람도 아니다. 이 일기에 등장하는 사람이다. 계속 점심이 아니었던 것이다. 그건 좋은 일이었다. 나쁜 일이기도 했다. 그러나 모든 것을 좋고 나쁜 것으로 나누는 습관은 이제 끝난 습관이었으므로. 점심으로의 잠은 어떤 판단에서 벗어난 채로 계속되었다.

점심으로의 잠

점심에 만나기로 한 사람이 있었는데, 잠을 자다가 약속을 지키지 못했어요 제 목숨을 구해준 사람이었죠 점심에 만나서 고맙다고 할 예정이었습니다 다시는 그 사람과 만나지 못했습니다 이것이 저의 괴로움입니다 점심으로의 잠은 그렇게 시작되었습니다 점심으로의 잠으로 사람들이 찾아옵니다 지금 찾아온 방문자는 중학교 교사인데 화재로 사랑하는 사람들을 잃고 본인만 살아남았습니다 지금 학교에 있는데 점심시간이고 한 아이가 울고 있다고 합니다 물어보아도 왜 우는지 말을 안 하는데 자신의 슬픔이 그 아이의 슬픔에 비하면 아무것도 아니라는 생각이 든다고 합니다 그 아이의 슬픔이 정말로 저의 슬픔보다 더한 슬픔인가요? 누구신지는 모르겠지만 진실을 말해주세요 그 사람의 슬픔이 정말로 저의 슬픔보다 더 큰 슬픔인가요? 그 사람의 고통이 저의 고통보다 더 큰 고통인가요? 진실만 말해주세요 여긴 그냥 점심으로의 잠일 뿐인데 나는 그냥 여기에 있을 뿐인데 괴로운 사람들이 찾아오고 진실만 말해달라고 합니다 자신의 슬픔이 아무것도 아니어도 괜찮다고 합니다 점심에 만나기로 한 사람이 있었는데, 잠을 자다가 약속을 지키지 못했어요 제 목숨을 구해준 사람이었죠 점심에 만나서 고맙다고 할 예정이었습니다 다시는 그 사람과 만나지 못했습니다 이것이 저의 괴로움입니다 당신의 괴로움에 비하면 제 괴로움은 아무것도 아닙니다 저는 여기까지만 말합니다 점심에 울고 있는 그 아이의 괴로움에 비하면 제 괴로움은 아무것도 아닙니다 여기까지는 말하지 않습니다 누구신지는 모르겠지만 제가 원하는 답은 아니군요 여기가 어딘지 모르겠지만 대단한 곳은 아닌 것 같군요 맞습니다 안녕히 가세요 미안합니다 방문객이 점심으로의 잠을 떠나고 나면 저는 점심시간의 학생처럼 울곤 합니다 미안해요 저는 제대로 답해주지 못해요 아무리 울어도 속죄가 되지 않습니다

만나서 시 쓰기

지금이 언제인지 알 수 없다면 어떻게 될까. 세상의 모든 시계가 멈춘다면. 아무도 숫자를 셀 수 없게 된다면. 시간을 알려주던 것들이 더는 시간을 알려줄 수 없게 된다면. 해가 지지 않는다면. 저녁이 사라진다면. 그림자가 움직이지 않는다면. 점심에 자주 만나는 우리들은 어떻게 될까. 안미옥과 백은선과 김승일은 점심에 종종 만났다. 그러다가. 우리 만나면 시를 쓰자. 우리 이제부터 우리를 만나서 시 쓰기라고 부르기로 하자. 저녁에 만나는 것보단 점심에 만나는 편이 좋았다. 저녁에 헤어지면 영영 헤어지는 것 같은데, 점심에 헤어지면 다시 만날 수 있을 것 같으니까. 서로의 일정이 맞지 않아서 오랫동안 만나지 못할 때에도, 나는 우리가 또 만날 거라는 걸 알았다. 아무리 만나기 힘들어도. 우리는 만날 것 같아. 그 사실이 내게 힘을 줘. 시간을 알려주는 것들이 모두 죽는다면. 일단 어디서 만날지만 정하자. 2층에 발코니가 있는 카페에서 만나자. 해가 지지 않아서, 세상이 엉망이겠지. 사는 게 더 힘들어지겠지. 그래도 우리는 시를 쓰겠지. 누구 하나가 카페 발코니에서 시를 쓰고 있으면 언젠가 다른 한 사람이 도착하고, 언젠가 또 다른 한 사람이 도착하겠지. 아, 드디어 만났구나. 얼마나 기쁠까? 지금이 언제인지 알 수 없지만. 우리 지금을 점심이라고 부르기로 하자. 어디서 그런 용기가 났는지. 은선이가 난간을 잡고 거리를 향해, 여러분 지금이 점심이에요. 우리 세 사람은 만나서 시 쓰기고요. 우리가 여기서 다 같이 시를 쓰고 있으면, 우리가 같이 있으면, 그게 점심인 거예요. 아시겠어요? 지금이 점심이라고요! 신이 나서 소리를 지르고. 미옥 언니도 거드는 거야. 맞아요. 우리 세 사람이 카페에 모여서 시를 쓰고 있으면, 지금이 점심이라는 뜻이에요. 여러분, 지금이 점심이에요! 길 가던 사람들이 막 쳐다보고. 어떤 사람들은 갑자기 막 박수를 치는데. 갑자기 은선이가 윽 하고 쓰러지는 거지. 은선이가 쓰러져서 당황하던 미옥 언니도 윽 하고 쓰러지고. 시간을 알려주는 것들은 모두 죽으니까. 사람도 죽는구나. 혼자 살아남은 나는 마을회관에서 페트병에 양파를 키울 거야. 양파에게 미옥이라고, 은선이라고 이름을 붙여줄 거야. 좋은 이야기를 들려주면 양파가 더 잘 자란대. 어느 날 마을회관에 책 보부상이 올 거야. 책 보부상은 17세기 유럽에 있었던 직업인데. 짧은 책을 읽어주고 다니는 사람이야. 이야기가 마음에 들면 관객들이 삯을 지불하곤 했대. 정말로 마음에 드는 이야기면 책을 구입하기도 했다더군. 어쨌든 해가 지지 않으니까. 세상이 엉망이니까. 이상한 직업이 다시 생기기도 하고. 지금이 언제인지도 모르는 사람들이 마을회관에 죽 치고 앉아서, 책 보부상이 오는 걸 기다리기도 하고. 마침내 방문한 책 보부상이 책을 읽어주기 시작하고. 나는 양파들에게 속삭일 거야. 이거 내 책이야. 왜 있잖아. 내 일기랑 시를 모아서 만든 책. 만나서 시는 안 쓰고, 맛있는 것만 잔뜩 먹었던 얘기. 다음엔 꼭 만나서 시를 쓰자. 안 지켜도 될 약속만 잔뜩 하면서. 점심에 만나 점심에 헤어지면서, 미옥 언니가 그랬지. 빨리 하농 나오는 시 쓰라고. 써서 보여달라고. 우리들의 이야기가 다 끝난 다음. 나는 책 보부상에게 가서 말할 거야. 제가 이 책을 쓴 사람입니다. 그러면 책 보부상은 아쉬움을 숨기지 못할 거야. 그럼 이 책이 필요 없으시겠네요? 정답입니다.

21세기에

저녁에 동네를 산책하다가 야훼와는 아무 상관 없는 신을 영접한 뒤로 종교 수행을 하면서 사는 것은 확실히 즐거운 일이었다. 1년의 시간이 흐르고 원재연은 마침내 공책에 다음과 같이 썼다. 경전을 집필하기 시작해야겠다. 그러고서 한참을 그날 아침에 들었던 새소리가 어떤 새들의 것인지를 분석하고, 집 앞 공터에서 발견한 작은 돌멩이들의 모습을 묘사한 뒤에, 재연은 다음과 같이 썼다. 나는 경전에 쓰지 않을 것들에 대해 생각했다. 당시 마흔다섯의 그 교주 지망생에게는 자주 만나는 친구가 하나도 없었고, 아내가 물려받은 유산으로 구입한 아파트를 시작으로 점점 평수가 낮은 집으로 이사를 해가면서 경전에 쓸 말을 고르는 데 하루를 다 쓰면서 살았다. 공책에는 경전에 쓰지 않을 말들만이 쌓여갔으며, 건너서 아는 출판사 사장의 권유로 《경전에 쓰지 않을 것들》이라는 제목으로 책을 몇 권 내기도 하였으나 재연이나 출판사 사장의 지인들이 팔아준 것을 제외하고는 반응이라고 할 만한 것이 없었다. 원재연은 공책에 신을 만났던 일에 대해서도 쓰곤 했는데, 일화의 말미에는 꼭 이 얘기는 경전에 쓰지 않을 것이라는 말을 덧붙이곤 했다. 그로부터 8년이 지났는데, 원재연이 지금 어디서 무엇을 하면서 살고 있는지 나는 전혀 모른다. 산으로 갔는지 바다로 갔는지 어디론가 값이 싼 곳으로 갔을 것이다. 재연이 예전에 출판했던 책들은 이제 몇몇 지인들의 서가에 꽂혀, 가끔 우리가 만나서 얘기하기로, 어쩌면 그냥 그 책들을 경전이라고 불러도 되지 않겠냐고들 한다. 그가 16세기에 서양에서 태어나기만 했어도, 야훼랑은 상관없는 신을 영접했다는 이유로, 이미 그의 공책은 불경한 책이 되고, 심문도 받고 감옥에도 갇히고, 어쩌면 처형을 당했을지도 모를 일이다. 그러나 재연은 어디 갇혀서도, 지금까지 자신이 쓴 것들은 자신이 쓰지 않을 것들을 쓴 것일 뿐이라고 주장했을 것이다. 그러나 원재연보다 비교적 생활력이 강한 시인인 내가 보기에, 모든 것은 순서의 차이인 것이다. 쓰지 않을 것들을 쓴다고 천명하지 말고, 나중에 내가 쓴 것들은 쓸 필요가 없는 것들을 쓴 것이다. 그렇게 천명하는 것이 확실히 생활에는 도움이 된다. 그렇게 손바닥 뒤집듯이 살아도 몇 푼 벌지는 못하겠지만. 어차피 일기라는 것이 손바닥을 어떻게 뒤집었는지에 대한 기록이라고 나는 생각한다. 나는 남이 열심히 쓴 일기를 읽는 것이 그렇게 좋다.

좀비

안녕하세요. 오늘은 비가 옵니다. 저는 어제 대화를 많이 했습니다. 더 재밌게 할 수도 있었을 것 같습니다. 동물들에겐 담백한 수사가 어울립니다. 인간에게는 그 어떤 수사도 좀처럼 어울리지 않습니다. 그렇다면 좀비에겐 어떨까요? 동물들을 묘사하고, 인간을 묘사하고, 좀비를 묘사하면서 다음 시를 시작해야지. 그렇게 생각하니 뭐라도 한 것 같아서 기분이 좋았습니다. 정말 멋진 인트로가 될 것입니다. 그러나 이번 시에서 좀비는 사실 좀비가 아니라 좀비로 분장한 사람이기 때문에 묘사하기가 더 복잡할 것 같습니다. 동물도 아니고 인간도 아닌데 사실은 인간이기 때문입니다. 전 이렇게 복잡한 무언가가 참 좋습니다. 단순한 무언가도 좋습니다. 좋아하는 것이 꽤 있습니다. 비는 좋아하지 않습니다. 비는 내가 무언가를 묘사하는 것을 방해합니다. 사실 내 눈앞에서 비가 내리지 않고 있어도, 어디에선가 비가 내리고 있기 때문에. 나는 항상 어딘가 망가진 사람처럼 삽니다. 여러분은 안 그렇습니까? 그러면 다행입니다. 사람들이 비에 영향을 받지 않았으면 좋겠습니다. 비 오는 날 자전거를 타고 가는 저 사람의 티셔츠가 젖지 않았으면 좋겠습니다. 이미 젖었군요. 집으로 갑니까. 집에서는 잠을 잘 수 있고. 총 쏘는 게임을 할 수 있습니다.

김
현

점심 먹지 않고 시를 쓰는 이에게 시보다 밥이 먼저죠, 라고 말해놓고 종종 점심에 시를 쓴다. 굶지 않고. 시집으로 《글로리홀》, 《입술을 열면》, 《호시절》, 《다 먹을 때쯤 영원의 머리가 든 매운탕이 나온다》, 《낮의 해변에서 혼자》가 있다.

잔설

할머니는
고양이를 나비라 부르고

할머니는
나비를 나비라 부르고

할머니는
엄마를 아가라 불렀다가

할머니는
아가를 아가라 불렀다가

불두화 가지에 앉는 새
해바라기하는 고양이

어머니도 어머니가 그리워서

가만히 보고 계시고

겨울밤

나무도 자요?

그럼

한 밤이 두 밤 되고

꿈에 둥근꼴 뿌리를 만들지

나무도 속삭여요?

그럼

그림자를 풀어 실을 짜서

나무도 흘러가요?

그럼

바람 불면 흔들리니까

검은 물오리 궁둥이에 붙어서
수면 위로

나무도 깊어요?
그럼

연기처럼
재는 남고
구름처럼
시시각각
달은 차고 기울어도
지워진 글자인 양
글 뒤에 숨어서

나무도 닿아요?
그럼

한 아이가 손을 뻗지
세상 어디에나 있으나
단 하나뿐인

그럼 할머니

나무도, 울어요

또 웃지

나무도 죽겠죠?

그럼

꿈에서 깨면

거의 완성에 가깝지

봄

연우가 교실 창가에
다육이 화분을 놓아두었어

다육이는 빛을 좋아해서
해가 있는 쪽으로 얼굴을 돌린대

연우는 자꾸
창문을 향해 고개를 돌리고

나는 연우를 봐
목
이
계
속
길
어
져

점심

망종에는 수염이 있는 곡식의 씨앗을 뿌리며

할머니와 점심 먹고 할머니가 머리를 빗겨주고
할머니랑 잤다

머리카락이 하얘지고
쌍바라지를 열면

할머니 베개에는 꽃 새 사슴
별 든다

할머니 손 잡고
노란 나비 따라갔다

두 발은

어느새 세 발
할머니는 네 발 되어

할머니 씻겨주고
앙글앙글 웃는 걸 보며
할머니에게 할머니 얘기 들려주며

여름 물국수
마음에 점을 찍고

머리카락을 참빗으로 곱게 빗겨주고
할머니는 새근새근 잠들었지요

총칼 든 군부에 맞서 장미를 든
민주화에도 불구하고

할머니도 없는데
할머니라는 이야기를 하면 할머니의 역사가 꼭 있단 생각
할머니 되어

점점

오수가 길어졌다

영혼 곤란 구역

또 오세요

바다 끝에는 무엇이 있을까

?

(바다가 아직 그대로 있다면)

하늘 끝에는

?

(직박구리의 울음을 기억하세요)

땅끝에도 누군가가 있겠지

?

(희망이란 보이지 않아도 보는 것)

수우수우

가을바람 끝에는

?

벼 이삭에 매달린 빗방울 끝에도

?

생각의 결실이

생각이라면

?

깃털구름의 흐름과

고양이 수염 끝에는 세계적인 달빛

?

자본주의 어디에서도

살 집을 구하지 못한

영혼이 빈곤한

가족을 중심으로 한 이야기
(남의 일이 아니며)

체르노빌과 후쿠시마
영광원전이 가동된 이후 20여 년 동안 124건의 크고 작은 고장이 발생했고 2003년 5·6호기 열전달 완충판 이탈, 동년 12월 5호기 방사성 오염폐수 3500톤 바다 유출, 3·4호기 증기발생기 세관 결함이 발생했다

들쥐들이 주인이 된 세계는 평온하며

그곳에 숨어
살며

인간다움을 포기함으로써
인간인 채로

한밤에
방수포가 붙은 푸른 창문을 열면
아무도 올려다보지 않는

죽은 낮빛

할머니

할머니 이야기 끝에는 뭐가 있나요

?

떨어진 물음표를

다 주우면

무엇이 쓰이는지 알게 된다

어서 오십시오

백은선

시인. 시집 《가능세계》, 《아무도 기억하지 못하는 장면들로 만들어진 필름》, 《도움받는 기분》, 산문집 《나는 내가 싫고 좋고 이상하고》 등이 있다.

만나서 시 쓰기

딸꾹질이 멈추지 않는다. 아주 오래도록 몇 번이나 한 장면을 돌려 봤는데. 함께 소파에 앉아 밤이 새도록 도시의 설계도를 읽어내며 눈물의 집을 만들었는데. 믿을 것이 너무 많잖아. 그치. 각자의 방에서 가장 긴 실을 한 뭉텅이씩 가지고 오자. 너는 빨강 너는 초록 나는 검정. 우리 셋은 각자의 믿음을

각자의 방식으로 포갠다. 더 높아질 수 있을까? 더 두꺼워질 수 있을까? 건너편 산 위에 올라가서 봐야 할 정도로! 강을 건널 때 우리가 탈 수 있는 배가 되면 좋겠어. 서로의 실을 섞어 바느질하고 매듭을 묶는다. 때론 엉켜버린 더미를 무릎에 올려놓고, 골몰하고 안도하며 아침이 올 때까지 거꾸로 된 책을 읽었다. 동시에 소리 내어. 그럼 우린 시작으로 가득 차고.

멈추지 마. 각자의 손에는 가위를 들고. 오후엔 바깥에 나가 거리, 사람, 나무, 구름 등을 오려 가지고 돌아왔다. 봐! 구름에 나무가 심겨 있네. 사람의 눈에서부터 거리가 쏟아진다! 나는 입술을 오려 하얀 케이크 위에 붙였다. 무지개를 향해 촛불을 대신하는 건 중단된 피. 남은 몸은 바닥으로 쓸어버리고 뒤집힌 칼을 달 속에 심는다. 너는 빨강 너는 초록 나는 검정. 영원히 완성되지 않을 장면을 따로 또 같이. 늘 파도에게 팔다리를 달아주고 싶었어. 회전문 속엔 돌고 있는 프렌치프라이. 뒤집은 건 결국 뒤집지 않은 것과 같으니까 이건 아무 변형도 아닐걸? 너는 말한다. 괜찮아. 무언가를 바꾸려고 시작한 거 아니니까.

우린 늘 사랑에 대해 이야기하지. 사랑이 아닌 것도. 손이 바빠 머리가 멍해질 때까지. 우물거리며 고기와 와인을 먹고 커피를 마셨지. 나는 너희와 함께 있을 때 가장 똑똑해진다. 아직 완성되지 않은 장면들을 돌려보며 팝콘처럼 터지는 웃음, 열매처럼 뚝 떨어지는 눈물. 계속해봐! 더 해봐! 서로의 등을 밀며 기차는 달린다. 너는 빨강 너는 초록 나는 검정. 모든 게 멋지고 더할 나위 없이 좋다. 하나의 옷을 돌려 입으며, 나는 가끔 무한히 길어질 수 있을

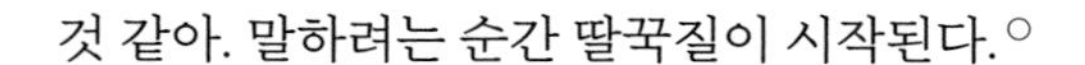

것 같아. 말하려는 순간 딸꾹질이 시작된다.○

○ 딸꾹질은 심장의 소리다. 입으로 쏟아지는 두근거림이다. 가끔은 모든 것을 능가할 수 있을 것 같아. 그리고 맞아 맞아, 가장 커다란 동의의 환호를 가득 매달고서.

향기

나의 점심은 네게 한밤이었다
전화를 걸어 잠이 오지 않는다고
자꾸만 무서운 생각이 난다고

어린 새처럼 너는
칭얼거리곤 했는데
그럼 나는 가끔 내가 봤던
좋은 시를
때로는 노래를
읽어주기도 불러주기도 했다

지나갈 거야 오늘 밤도
매일 아침에 해가 뜬다는 거
어쩐지 기적 같지 않니

어젯밤엔

어김없이 아침이 찾아오는 게 지옥 같다고

적어놓고

오늘은 네게 그런 말을 했다

유리를 관통해 들어오는 빛이

심장을 찌르고

눈을 부릅뜬 잎사귀처럼

나는 말하지 않았다

커튼을 치고

식탁에 앉아

낮은 목소리로 시를 읽고

듣고 있어? 좋지?

물속에 잠겨 있는 것 같아

취한 목소리로 너는 훌쩍거리며

이야기하곤 했지만

점심은 빛과 어둠이 나란한 페이지

펼칠 때마다 눈을 감았다

마음의 점○

너무 아름다운 것은 위험하다 가지런히 쌓여 있는 종이 더미들 풀 위에 누워 올려다본 파랑 나선의 계단을 딛는 호흡

나 너 우리 이것은 문장을 엮는 마법

뾰족한 것을 보면 눈을 감는 습관이 있다

다음 생엔
인간을 물지 않는 짐승으로 태어나렴

싫어요
가득 베어 물 때 얼마나 잇새가 시원한지 몰라

○ 點心

담장을 뒤덮고 있던 능소화 버터와 설탕 밀가루가 한데 섞여 익어가는 냄새 눈동자 속 투명한 행성

돌아오면 닭을 잡아 수프를 끓여줄게

가득 베어 물 때
가득 베어 물 때

그리고 너도 함께

攝

동물을 먹으면 그 동물의 기억도 함께 갖게 된다고 믿었다. 파란 밤. 어째서 얼굴은 얇은 습자지처럼 자꾸만 찢어지게 된 걸까. 알고 있니. 네가 뺨을 때리던 날 잠깐 검은 날개가 날아오르는 걸 봤다는 거. 그것을 지옥이라고 생각했다는 거.

악마가 윙크하면 노래가 시작되고 불이 번진다. 여태 먹은 것 때문이다. 착실히 씹어 삼킨 것들이 지금의 나야. 그러니 억울하지 않다.

어쩌면 다음 생이라는 걸 상상하게 된 계기는 네 손.

손바닥은 주먹보다 약하고 주먹보다 비겁하다. 분노한 새들처럼 깍깍대며 퍼득거리던 게. 그런데도 힘을 쓰는 사람이었다는 게.

우리가 너무 많은 얼굴을 얼굴 위에 얼굴을 덧칠했기 때문이라는 걸. 그래서 찢겨져도 어쩔 수 없다는 걸. 너는 울면서 고백했다. 네 뺨을 지나간 무수한 손들에 대해.

정말 유감이다.

문을 열고 나가 다시 돌아오지 않았다는 결말, 어디서 본 것 같지 않니. 아무리 많은 고통도 현재의 방패가 되어 주진 않는다고,

낮잠

빙글빙글 돌아가는 것이 있었다

노인이 웃었다
소녀가 웃었다
소년이 웃었다
태양이 웃었다

넘실넘실 흔들리는 것이 있었다

계단이 웃었다
나무가 웃었다
발목이 웃었다
종이가 웃었다
꼬리가 웃었다

자꾸만 흘러내리는 커다란 옷을 입고 있었다

찰리가 웃었다
지은이 웃었다
엠마가 웃었다
피터가 웃었다
보영이 웃었다
보리가 웃었다

눈을 감아도 자꾸만 보이는 것이 있었다

웃지 마 개새끼야
웃지 말라고
해도

구름이 웃었다
폭설이 웃었다
강물이 웃었다

지구가 웃었다

모두 다 웃고 있었다

너는 몰라 너는

죽어도 몰라

소리쳐도

첨벙첨벙 웃기만 했다

성다영

시인.

저속한 손

의자가 있는 곳에 사람들이 앉는다

느리게 페이퍼를 접는 손

손에서 얼굴이 떠오른다 손의 표정 손의 상처 손의 미래 손은 기울어진다 손은 손을 쥔다 닿음 그 이상으로 초과할 수 없다 닿고자 함 더 닿고자 함 손은 손을 연다 어딘가에 닿는다

차양으로 쏟아지는 소나기
크게 울리는 빗소리를 손으로 잡다

빛이 살을 스친다 만지면서 밀어낸다

손은 아무것도 눈치채지 못한 표정을 짓고 그래서 눈

은 손을 계속 볼 수 있다 스스로 나타나는 손 무한한 손 유한한 손 사위어가는 너의 손 손의 공허함 손의 무력함

욕망 없이 너를 좋아할 수 없을까

다시 쏟아지는 소나기

손은 손을 떠날 수 없었다

희생 없는 세계

윤곽선을 따라 흘러내리는 아침의 빛. 둥글고 뿌연 빛. 펼치는 빛. 흐트러지는 빛. 연약한 빛. 신체, 출현하다

풀밭에 누워 서로의 머리칼을 쓰다듬는

연인들 연인들

오늘도 우리는 놀아요

이것은 은유가 아니에요

숫자의 지루한 잇달음 속에서

자신과 자신의 삶을 사랑하는 사람들이 달력을 넘긴다

고향의 우울로부터 벗어나○

살아남기보다 살아가기

너는 잠에 들기 위해 꿈을 꾸지

○ "대부분의 사람들은 사랑에서 영원한 고향을 찾는다. 하지만 극소수이긴 하나 사랑에서 영원한 여행을 찾는 이들도 있다.", 벤야민

이것은 은유가 아니에요
꿈속에서 우리는 또 만나요
이리저리 쏘다니며
편의점에서 고구마와 두유 그런 것들을 사 먹으면서

삶은 쓸모없는 것으로 단단해져가고
살아가기보다 소멸하기
수도원 앞마당에는 무덤이 있다

나는 너의 몸 위에서 산책한다

점심 산책

점심에 나는 걷는다
어디에나 음악이 들리듯 쏟아지는
사람들의 활기· · · 희망· · ·
인간은 혼자서 혼자가 될 수 없고
음식에는 죽음과 고통이 있다
우연히 들어간 꽃집에서 남미 식물을 보며
사라지는 판타날을 떠올린다
세계를 메우고 있는 비참함· · · 비참함· · ·
나는 소음 속으로 사라지고 싶다는 생각만을 하고
빛을 피하며 걸으려 하다
길가에 개여뀌 꽃마리 작은 풀들을 본다
꽃에는 꽃말이 있다
꽃말은 꽃에 대하여 말하지 않는다
내 이름은 나에 대하여 말하지 않는다
오늘 나는 단지 무언가를 하기 위하여 무언가를 하다

언어 속으로 걸어 들어간다

사람들은 누가 자신인지 알고 있다

실종

죽었다는 소식을 들었다. 자연. 뛰어난 살해자. 죽어서 드디어 웃는다. 비. 발자국처럼 내리다. 튀어 오르는 물방울. 내가 없어지는 걸까?

아침에 나는 나를 찾는다

이것이 이 시의 미학성과 정치성. 알아듣지 못했어요

너는 훌륭한 본보기를 좋아하는구나

많이 무섭니?

너 이제 너를 포기해라

이것은 현-순간

이것은 무언가를 지키던 사람의 캡션

이것은 밋밋한 죽음

이것은 진정한 너

이것은 시(詩)

가장 멀지만 가장 가까운 거리를 유지하는

길에서 다투는 두 사람

시간의 엉킴

행복을 그려낼 수 없어요

말은 아무것도 말하지 않는다

주엽나무○

주말에 나는 카페에 앉아 있다
주변에서 통화하는 소리가 들린다
거기 가려고 하는데 오늘 엽니까?
점심을 다 먹은 사람들이 주기적으로 문을 연다
무릇 문이기 때문에 열어야 한다는 듯이
점심의 주황색 냄새와 함께 들어온다
창밖의 활엽수는 흔들리고
나는 주제도 없이 무언가를 쓰고 있고요
사람들 속에서 레몬주스와 커피를 주문한다
거기 가려고 하는데 오늘 엽니까?
주르르 검은 옷을 벗고
아무렇게나 앉아서 엽서를 쓰기 시작한다
주어 없이, 오랜만이야 로 시작하고
밤과 낮을 반으로 나누는 비가 내리고
나는 일 년 전 춘분을 떠올린다

어느 카페에서 나는 시를 썼다

낙엽이 무릎 위로 떨어진다

가을이 아니어도 낙엽은 어느 계절에나 있고

목적 없이 사라지는 눈을 떠올린다

주중에 나는 카페에 앉아 있다

○ 맞춰도 되고 안 맞춰도 되는 점심 퀴즈! 이 시에는 특별한 규칙이 있습니다. 무엇일까요? (힌트 있음: 이 시집에 함께 실린 안미옥 시인의 시 중에도 같은 규칙이 적용된 시가 있습니다.)

안미옥

시를 읽고 쓰는 사람. 하루 중 점심시간을
가장 좋아하게 된 사람. 시집으로 《온》,
《힌트 없음》이 있다.

알찬 하루를 보내려는
사람을 위한
비유의 메뉴판

Main Menu

너의 잠은 샌드위치처럼 쉽게 흩어진다	9.0
너의 신년 계획은 김밥처럼 위태롭고 무모하다	4.5
너의 허기는 들깨미역국처럼 불어난다	8.5
너의 앞날은 두유크림파스타처럼 뿌옇고 고소하다	13.0
너의 오후는 아보카도롤처럼 속이 편하다	9.0
오늘 기분은 김치찌개처럼 중간이 없다	7.5
오늘의 할 일 목록은 설렁탕에 먹는 깍두기처럼 제멋대로다	10.0

Dessert

티라미슈처럼 씁쓸하고 달달한 거울 보기	6.5
에그타르트처럼 푹 빠지기 쉬운 타임슬립	3.5

*금일 준비된 재료 소진 시 영업을 종료합니다

만나서 시 쓰기

이제 내게서 저녁이 사라지고 있습니다. 나는 점심에 만나는 것이 좋아요. 점심은 견디지 않아도 됩니다. 점심은 고여 있지 않아요. 점심은 가능합니다. 앞으로도 뒤로도 갈 수 있어요. 우리는 점심에 만나요. 시를 쓰려고 만나서 시는 안 쓰고 밥을 먹고 커피를 마시고 시 이야기를 해요. 집에 가서 시를 쓰고 싶어지도록. 혼자 쓰는 기분이 들지 않도록. 어느 날엔 멍하니 각자 창밖만 보다가 헤어진 적도 있어요. 내가 하는 고민을 네가 대신하고 있구나, 나는 기다리기만 하면 되겠구나. 이런 이야기도 나누면서요. 사실 나는 무슨 이야기를 더 해야 할지 모르겠어요. 우리에 관해서요. 우리라는 말을 함부로 쓰지 말자고 했던 적도 있는데…… 우리 대신 어떤 말로 써야 할까요.

우리는

모르는 사람들에게 시를 나눠 준 적도 있습니다. 전단지처럼 시를 뽑아 자동차 유리창에도 끼워두고, 지하철역

앞에서 나눠 준 적도 있습니다. 사람들이 이게 뭐지? 하는 얼굴로 시를 받아서 가방에 넣거나, 길바닥에 내려놓았습니다. 하루는 은선과 문래동을 지나가는데 철공소 옆에 벽보처럼 붙은 승일의 시를 보기도 했어요. 시는 어디에든 갈 수 있지요? 앞으로도 뒤로도 갈 수 있지요? 음악 축제에 가서 춤을 추며 나눠 주기도 했어요. 어디까지가 춤이고 어디까지가 나눠 주는 일인지 모르게요. 춤을 추다가 선물을 받은 느낌이 들게요.

겨울에 우리는 각자의 시가 적힌 기다란 현수막을 들고 사람들에게 외쳤습니다. 자, 준비해 온 가위를 꺼내세요. 그리고 이제 시를 잘라서 가져가면 됩니다! 사람들이 골목에 길게 늘어서서 가위를 들고 시를 잘랐습니다. 그 시는 다 어디로 갔을까요. 누군가의 방 안에, 천장에, 서랍 속에 들어 있겠죠. 어떤 사람은 화장실 문에 붙여두었습니다. 볼일을 볼 때마다 저절로 시를 읽었습니다. 그게 바로 접니다. 그리고 이사를 하며 두고 왔어요. 다른 누군가가 읽을지도 모른다고 생각하면서요.

우리는 버려진 것을 보고도 버려진 것인지 몰라요. 누군가 두고 갔다고 생각해요. 비참과 희망은 왜 같은 얼굴을 하고 있을까요. 시 이야기만 했는데 생활을 알게 되는 것처럼요. 식물의 웃자란 줄기를 보며 잘 자라고 있다고 생각하는 것처럼요. 그러나 점심에 보면 다 달라 보여요. 점심에 만나요. 환해져요.

공중제비

치우지 못하고 산다

영원히 치우지 못하고 살 수도 있다
그렇게 매일

시계를 들여다본다

아이가 의자에 오른다
온몸과 온힘을 싣는다 의자에 올라선다
테이블 위에 오르기 위해 천장에 매달린 전등을 만져 보기 위해
저것은 달도, 태양도 아니다 불이지만 불이 아니다

우리의 영혼은 너무나도 작아서
부서지지도 사라지지도 않는다

"옳다고 믿는 생각에서 자유로워지기"
책에서 본 문장에 밑줄을 긋고

큰 것과 작은 것이 무엇인지 모를 때
무엇이 크고 무엇이 작은지 물어볼 때

돌멩이와 사과
옥수수와 딸기

크고 작은
모르던 것을 알게 된다

구름보다 크고 우산보다 작은 것
눈동자보다 작고 손바닥보다 큰 것

같은 자리에 앉아 똑같은 곳을 본다 해도
정면은 달라진다

무릎이 아플 땐

무릎을 구부리지 않아야 한다고 의사가 말했다

의자에 앉을 때도 무릎을 펴고 앉으라고
가능할까 생각했는데

내년에는 일이 쏟아진다고 한다

가능하지 않을 것 같은 일이

정면에선
새가 있는 곳까지 계단이 올라갔다
빛이 계단을 막아섰다

구즈마니아

구석에 관심이 많은 친구와 마주 앉아 있다
친구는 나를 구석에 두고
마지막을 말하는 사람이 되지 말자고 했다

아직은 말할 수 없지
우린 아직 점심도 안 먹었잖아

루마니아의 한 마을엔 600개의 알록달록한 묘지가 있대
웃긴 말로 비문을 써놓았대 마지막에 대한 이야기를

나도 마지막까지 사람들을 웃기고 싶어졌다

저녁 즈음에
따뜻한 니트를 입고 깔깔 웃는 사람들에 둘러싸여

매일 조금씩 써서 완성한 편지를 아련하게 읽어주고
말했다
집으로 돌아가서 자기 전에 생각하세요 구체적으로
가장 기억에 남는 말을 써서 구름처럼 조각내어 내게
다시 돌려주세요

조각들을 모아 가장 웃긴 조합으로 문장을 만들고
묘비에 새겨야지, 이런 생각을 하며 아름답게 마무리
하려다가

이 시엔 어떤 규칙이 있고 그것은 구즈마니아와 연관
이 있고
사람들이 규칙을 알아보려고 이 시를 읽고 또 읽고 아
주 많이 읽다가
구즈마니아를 검색하고는 식물을 사러 상점에 가느라
시를 다 까먹어버리면 좋겠다고 쓰다가
규칙을 어기게 되었다

넛트

점심에는 할 일이 많아서
밥 먹는 일은 가장 나중에 한다

한 사람이 한 사람 밖으로 나오는 것이 가능한 것과 같이
한 사람이 한 사람 안으로 들어오는 것도 가능해진다

돌이킬 수 없음,
돌이킬 수 없음,

작고 단단한 땅콩을 부숴본다
말할 수 있는 단어들로 흩트려본다

부서져 작아진 것은 날카롭다

밤에는 아이에게 그림자 책을 읽어주었다
책을 펼치고 빛을 비추면 벽에 그림자가 생겼다

구멍 뚫린 책
검고 검은 책

말할 수 없다
돌이킬 수 없다

딸기 씨에게서 딸기를 떼어낼 수 없다

오은

시를 쓴다. 틈이 날 때 하는 일은 산책, 틈을 내서 하는 일은 글쓰기다. 빈틈을 노리기보다는 빈틈을 채우는 데 골몰한다.

우리

한낮에 기우는 사람들이 있었다. 그때만큼은 사이가 좋았다. "'사이좋다'라고 붙여 쓰는 이유가 뭔 줄 알아? 사이가 좋으니까." 실없는 농담에도 실실 웃음이 났다. "실이 두 개나 있네?" 듣고 바로 이해하지 못해도 넘어갈 수 있었다. 아까는 배고프다는 핑계로, 지금은 배부르다는 이유로.

벤치에 나란히 앉아 두 시 방향으로 비스듬하게 늘어졌다. "나는 전생에 눈썹달이었나 봐. 이 시간만 되면 나른해져. 찬물도, 커피도, 냉커피도 소용없어." "아이스커피?" "응, 냉커피." 삐죽 튀어나올 수도 있는 말은 굳이 덧대지 않았다. 얼음만 있으면 되니까. 차가우면 그걸로 족하니까.

눈을 감았다 뜨면 아지랑이가 피어오를 것 같았다. "실은 나도 그래." 하품을 하다 말고 눈썹을 치켜들었다. "실을 또 찾네?" "괜찮아. 눈썹은 두 개니까." 독백이 모인다고 해서 대화가 되는 것은 아니다. 날이 밝다고 다 한낮인 것은 아니므로. 각자의 말만 한다고 섭섭하지도 않다. 어디 말할 데가 없는 것은 마찬가지이므로.

공원에 사람들이 많았다. 혼자가 아니어서 다행이었다. 햇살이 푸지면 나를 조금 덜 미워하게 된다. 행이 많아서 복권을 사야겠다고 생각하다 잠이 들었다. 시간과 사이가 좋았다. 사이가 두 개나 있었다.

그

그의 이름은 김성진이다 누구나 휴대전화를 뒤져보면 한 명쯤 발견할 수 있을 것이다 성이 김이 아니라면 확률은 높아지겠지 그는 이룰 성에 참 진을 쓴다 아마도 성진의 대부분은 참을 이루기 위해 힘쓰고 있을 것이다 이룬 것은 없지만 김성진은 오늘 친구들을 만난다 벚꽃 피고 첫 점심 약속이다

만나는 친구 한 명의 성은 성이다 성이 성이다 다른 한 명은 진이다 모임의 이름은 자연스럽게 김성진이 되었다 그는 자신이 친구들을 품고 있을지도 모른다고 생각했다 자만이었다 그런 말을 꺼냈다가는 우정에 금이 갈지도 모른다 착각이었다 애초에 이들 셋 사이에 우정이 있는지 모를 일이다

김성진 모임의 구성원들이 모였다 을지로입구역 6번 출구였다

이쪽에 맛집이 많다는 소식을 들었어

어디서?

블로그에서

그게 들은 거냐? 본 거지

먹고 이야기하자

뭐 먹을까?

먹고 이야기하자

뭐 먹을지를?

아니, 뭐 먹지?

근데 여기 명동인데?

을지로 아니고?

을지로 입구가 명동인가 보지

그래서 맛집이 많나 보다

그럼 을지로가 명동보다 큰 거야?

골목이 더 많네

이러다 점심 먹겠어?

그나저나 점심 먹고 우리 뭐 해?

그의 이름은 김성진이다 참을 이뤄야 하는데 골목 어귀에서 점점 진실과 멀어지고 있었다 모임의 이름 또한

김성진이다 김이 새고 성이 나고 진이 빠지고 있었다 있지도 않은 우리의 우정에 금이 가고 있었다

그것

우리 사이에는 테이블이 있다. 커피를 시키니 네가 핀잔한다. 아까는 차 마시자며. 그러는 너는 왜 커피를 시켰는데? 되물으니 씩 웃는다. 술 마셨니? 반응이 심상찮아 물었더니 고개를 까딱인다. 대낮에? 응, 대낮부터. 차 마시자고 했을 때 이미 술 마시고 있었던 거야? 너는 대꾸없이 커피를 홀짝인다. 커피에 브랜디를 한 방울 떨어뜨리듯 조심스럽게. 마시면서 마시는 이야기를 한다. 브랜디가 커피를 파고들듯 자연스럽게. 차 마시듯 평화롭게, 커피 마시듯 태연하게, 술 마시듯 거침없이. 평화로움과 태연함과 거침없음이 한데 오른 테이블이 불안해 보인다. 금방이라도 무릎을 굽힐 것 같다.

너는 흡수가 빠르구나. 네 얼굴에는 붉음과 불콰함과 불쾌함이 한데 모여 있다. 우리 사이에는 아직 테이블이 있다. 그 위에 올려둔 것이 바닥나고 있다.

그들

새벽잠을 설쳐서
아침잠이 많아서
저녁잠이 고파서
밤잠이 줄어들어서

하릴없이 더덜없이 내남없이
낮잠을 잔다

점심 먹고 꼬박꼬박
인사하듯 꾸벅꾸벅

너나없이 염의없이 외상없이
1년 내내
주중에만 피어나는 아지랑이

그들

150번하고 160번하고 같은 곳으로 가나요? 네. 그런데 이 버스는 140번인데요? 네. 기사의 목소리는 시원하고 승객의 목소리는 우렁차다. 몰랐던 것과 알고 있는 것을 하나씩 주고받은 낮, 버스 안은 각자의 일로 피로하고 각자의 사연으로 법석인다. 내릴 때가 되면 각자의 감정으로 괴롭다. 환승을 한다고 해도 갈 곳이 달라지는 것은 아니다. 그런데 170번 버스는 없어졌어요. 기사의 말을 뒤로하고 내린다. 갈 곳이 생각나지 않는다. 정류장에는 140번 버스를 기다리는 사람들이 있다. 나는 오지 않을 170번 버스를 기다리고 있다. 아직 오지 않아서. 영영 오지 않을 거여서. 그런데? 그런데도. 바로 그런 점에서.

주민현

시인. 점심을 먹고 새로운 풍경을 수집하며 걷기를 좋아한다. 시집 《킬트, 그리고 퀼트》가 있다.

또 다른 정오

점심의 산책이란 길을 잃기에 좋아서
춤도 없이 구름이 구경꾼처럼 모이는
정오의 골목을 사랑해
뾰족한 담장과 장미는 경적을 울리고
정오의 식사
정오의 살인
정오의 텔레비전
정오의 앰뷸런스를 타고
어디선가 멈춘… 어디선가 텅 빈
골목길이 있다면
정오는 자정의 다른 말
빛은 어둠과 같은 말
유난히 조용한 골목이 있다면 그건
골목이 내게 할 말이 있다는 이야기
날아가는 텅 빈 봉지를 사랑하는

골목의 고양이가 품위를 몰라도
작정하고 나서면 산책이 시시해진다는 건 안다네
노란색 스포츠카가 지나갈 땐 노랗게
파란 담장 앞에서는 파랗게
머리를 맡긴 채 딴생각하는 사람을 지나
빵집을 어슬렁거리는 개들을 지나
폭포수 같은 페이지들을 지나
점심시간을 도시락처럼 까먹다가
길 잃은 나를 구름은 지나 비행기는 구름을 지나서
툭 떨어트린 단추나 머리 끈을
전부 가져가는 어둠 속 손을 지나
어느덧 정오를 지나 또 다른 정오에 도착하는 거야
그건 틀린 시계의 멋진 가르침이야

빛의 광장

빛들이 서로 대화를 나누는 것 같군그래. 종일 흔들리던 나무 밑에서 네 얼굴이 점차 기억나지 않네. 햇빛 아래선 한때의 절망도 아스라한 것이 되고 기쁨은 모호해져만 가네. 빛에는 신비한 힘이 있지. 어둠을 더 어둡게 만드네. 내 얼굴에도 반쯤 그늘이 졌을 거야. 꿈은 추상의 질료래. 절망은 눈에 안 보이는 줄무늬고. 그렇게 화재경보와 재난문자가 곳곳에서 울렸으며 고통으로 얼룩진 거리에 햇빛이 들다니 참 이상하지. 공기를, 기분을 완전히 바꾸네. 힘차게 밥을 먹는데, 빛이란 참으로 이상한 목소리와 같지. 우리를 지도에 없는 곳으로 인도하네. 오후란 부드럽게 담소를 나누기 좋은 시간. 그렇게 작은 슬픔을 나누어 갖기에도 좋은 시간. 햇빛은 얼마나 멀리서부터 오나, 과학자처럼 중얼거릴 때, 중얼중얼거릴 때 너는 너로부터 멀어졌다가 고무줄처럼 가까워진다. 무한정 길어지는 곳에서, 너는 신약 개발에 매진하고 있다지. 다음 이 시간에…라고 끝나는 연속극처럼 다음이, 또 그다음이 있다고 믿는 자들이 있다니 신기하지. 마네킹의 발이 스르륵 움직였네. 그런 것은 비과학적이며 있을 수 없는 일이라네. 우리 옆으로 유령처럼 마네킹의 미소가 스르륵 스쳐갔네. 상식과 과학을 믿는 너와 함께 도시 걷기. 도시마다 위대한 유적 같은 성을 하나씩 지니고 있지. 오늘 어리석은 이들끼리 성문을 통과하지. 더 외로운 이들이 문지기가 되고, 어떠한 손금도 금방 낡은 지도가 되는 이곳에서 그래도 꿈을 꾸는 사람들이 있다니 이상하지. 이상한 돌림노래를 부르는 이들이 있다는 것이. 빛에는 어떠한 신비한 힘이 있다고 믿으며 걸어가는 이들이 있다는 것이.

미술 수업

마티스가 그린 모로코 정원 속으로
둥글게 둥글게 모여요

리얼리즘적으로, 초현실적으로
눈과 코는 납작해지고 표정은 더없이 풍부해져요

오후가 만들어내는 그림자 속에서
가지런히 모인 히아신스같이

모로코 정원을 몰라도
모로코 정원이라 말하면

그렇게 펼쳐지는 장면이 있어

길게 팔을 늘어트린 조각상을 보고

나는 묵상 중이라 말하고 당신은 그저 팔이 길다고 말할 것이지만

어떤 폐목 안에 잠긴 얼굴이 되어

피와 와인의 관계에 대해
고딕과 장미에 대해
리을과 노랑

유사하고도 상사한 것들을
계속 입속에서 굴리고 싶어져요

베개 위에 떨어진 칼 같은 햇빛이라든가
내가 볼 수 없는 나의 타인 같은 얼굴에 대해

의심으로 가득 찬 목수의 톱질과 같이 그런 형식으로

가끔 모서리로 서 있어요
선분으로 세상이 되기도 하고요

아주 고요한 고딕 양식이 되기도 합니다
뾰족한 날씨를 모자처럼 쓰기도 하고요

와르르 쏟아졌을 때

머리 위를 지나가는 것은 총알
물감을 뒤집어쓴 채

구식 시트로엥이 쌩하고 달려가는 창밖을
바라보고 있어요

한강

한강은 오백 킬로미터나 되고

공업용수로도 쓰이고 지역 도시의 상수도원이 되고
수력발전에도 쓰인대,

덥수룩하게 자란 네 뒤통수는 이국적인 나무 같고

아름다운 다리와 철로들

쓰러질 듯 긴 나무들의 움직임

우리는 자전거를 타고

페달을 굴리고

서로에게서 멀어졌다가 다시

가까워지고

함께 있으면서 홀로의 감각

허공에서 서로의 손이 부드럽게 교차한다

세상이 흔들리고 있는데 우리도 같이 흔들리고 있어서 세상이 똑바로 보이는 거라고

약간 정지한 느낌을 주는
저 멀리 작게 움직이는 사람들

양가죽이라 부드러워요
양이 되는 슬픔과

이 어린 양을 구해주세요
누군가 속삭이는 소리를 들으며

철교 아래를 지나간다

크고 작은 인간의 목소리가
마치 삶이 영원한 것처럼 느껴지게 하고

가볍게 늙어가는 저녁의 광대를

지치지 않고 일어서는 바다 위의 서퍼를

작은 엽서 속에 숨겨두고서

잔가지같이 갈라져 걷는 사람들을 따라
우리는 무수히 많은 갈래로 쪼개져 걸었다

내가 나로 존재하기를, 네가 너로
존재하기를 멈추지 않는다면

영원한 반대편에서 날아오르는
영혼의 세차장, 영혼의 박물관, 새파란 하늘, 빵 부스러기와 새들

대화에는 반드시 두 사람이 필요하고
손이란 맞잡기 좋은 형태로 생겼고

코트 끈은 커튼 끈 같아
끈을 잡아당기며 걸었네
너라는 사람은 반쪽으로 접힐 것 같다고 생각하면서

오늘의 산

도심 한쪽에 난 작은 산길은
재킷 안쪽에 달린 주머니나
잊었던 기억의 입구와도 같아서

상념에 잠기며 걷기에 좋고
비밀스러운 말을 숨기기에도 좋네

혼잣말에는 마침표가 없고
산길에는 시작과 끝이 없고
여름 산은 유령과 사람을 가려내며 걷기에 좋네

낮의 연인들은 증오와 배반까지도 바라보네
마음을 보석함처럼 숨길 수 있다고 생각하면서

그러나 마음은 잘 수납되지 않아서

주먹을 쥐는 마음과 슬픔은 잘 구분되지 않네

수풀에 가려진 뒤편에서는
담배를 피우며 우산을 펼치고 날아가는 사람
개와 함께 산책하다 목줄만 남은 사람
운동기구에 거꾸로 매달린 사람도 있네

당신은 어디에도 복속되지 않는 인간을 꿈꾸며
사무실을 빠져나와 산으로 향하는군

길게 소가 누워 잠자는 형상이어서
우면산이라는 이름이 붙었다는 푯말을 읽으며
얼마나 더 올라갈 수 있을까, 아득히 올려다보는데

언젠가 방문했던 물류센터에서는
너무 빠른 기계 너무 많은 물건 너무 편리한 배송이
문득 이상하게 생각되었지

어디까지 오를 수 있을까 인간이란

비에 젖은 산길은 불편하게 미끈거리고
신 냄새가 난다

청설모가 찍은 발자국에 발을 넣어볼 때

누군가에게는 이곳이 그저 계단이 많고
택지개발의 걸림돌일 뿐이겠으나

산은 근린공원과 국립극장으로 연결되어 있고
어쩌면 바다가 연결되어 있다는 상상을 하면서

산을 내려오면 세잔이 조금씩 다르게 그린
생트 빅투아르 산 그림 몇 점이 전시된 미술관이 있다

날마다 조금씩 다르게 걷는 일은
왜 너에게 중요한지

알지 못하면서도 너는 다르게 걷는다

오늘의 산을 오르면서만 할 수 있는 생각에

집중하면서

황인찬

1988년 안양 출생. 2010년 〈현대문학〉 신인추천으로 등단. 시집으로 《구관조 씻기기》, 《희지의 세계》, 《사랑을 위한 되풀이》가 있다.

철거비계

이야기를 들려줘

어떻게 서로 다른 두 사람이
사랑에 빠지게 되었는지

눈 내리는 겨울밤, 쏟아지는 눈을 보며 차가워진 두 손을 마주 잡았을 때,

한쪽 어깨에 머리를 기댄 사람이 누구였는지
그때 웃으면서 한 말이 무엇이었는지

다 말해줘
빠짐없이 들려줘

(무대에는 슬픔을 모르는 사람이 서 있다 그 사람은 슬

픔을 연기하고 있다)

이 이야기는 이제 끝없이
새롭게 시작되는 이야기니까

어떤 이야기는 오래도록 반복되어 사실이 되니까
또 어떤 사실은 이야기가 되어 영원히 남겨질 테니까

양치 컵을 한 손에 들고 반쯤 감은 눈으로도, 좋은 날씨 속에서 함께 손을 잡고 걷다가도, 흰쌀밥을 씹고 있다가도

계속 말해줘
남김없이 알려줘

(모노드라마는 독백과 방백, 침묵으로 이루어진다 그런데 독백과 방백을 어떻게 구분할 수 있지?)

가장 미워하는 것과 가장 부끄러운 것에 대해서
갑자기 떠오르는 아무것도 아닌 생각에 대해서

지금 손에 든 물건에 대해서
살면서 먹어본 가장 맛있는 음식에 대해서

더는 말할 것이 남지 않을 때까지 말해줘
기억나지 않는 것까지 다 이야기해줘

(조명이 꺼지며 공연은 끝나지만 저녁에 다시 공연은 오른다 슬픔을 모르는 사람은 그때에도 슬픔을 모른다)

사랑이 끝나고 삶이 다 멈추면
이제 내가 말할 차례가 온다

대추나무에는 사람이 걸려 있는데

나무에 참새가 열렸네

네가 말해서 고개를 들어보니

과연 마른 가지에 참새들이 떼로 모여 있었다

겨울이라 토실해진 모양이 참 귀여웠는데

빨리 선생님 모셔 와

어떡해 연락을 안 받아

이제는 새를 찾아보기 어렵고

요즘 너는 빈 가지를 자주 올려다본다

사람도 새도 다 사라진 오후 주택가 근처 공원에서

우리는 기억하는 새 이름을 늘어놓는다

참새, 비둘기, 홍학, 오리, 매, 닭, 잉꼬……

너는 지금 웃음이 나오니?
나는 웃음밖에 안 나와

우리의 빈약한 조류 지식으로는 구관조나 대머리독수리쯤에서 목록이 끝나지만

우리가 아는 것은 이미 현존하는 새보다 많은 것이다

공원 한 귀퉁이에서 새 우는 소리가 들렸지만
그건 새가 아니었고

일단 가자
여기 있으면 안 돼

나는 나뭇가지 위에서 네가 이리로 오는 것을 내려다보았다

저녁이 있는 삶

“저녁까진 돌아올게” 그것이 그의 마지막 말이었고 그 후로 저녁은 오지 않는다

화병에서 썩은 물 냄새가 날 때까지
아는 사람이 다 죽어 떠날 때까지

저녁의 도시는 빛으로 가득하고 사람들로 넘쳐나며 모두 어딘가로 향한다던데

남겨진 삶은 끝없는 한낮이고 백색 망각이 누더기처럼 붙어 있다

누군가 내 뒤에 서 있는데 나는 그의 얼굴을 모르고

“이제 주무셔야 해요” 그런 말을 듣고 잠을 청하지만

이렇게 밝은 세계에서 쉽게 잠들 수는 없는 것이다

“그만하세요”

눈 감으면 언제나 들려오던 초인종 소리

만남의 광장

밥을 먹고 잠깐 걸었다
다들 손에 커피를 들고 있었다

요즘 위가 안 좋아요 저는 허리요 사람들이 모여서 건강을 묻고 있었는데 다들 건강을 비는 것 말고는 할 수 있는 것도 없었다

사람들은 어디 먼 곳에 가고 싶다고 했다
모두가 정말 맞는 말이라고도 했다

그러나 점심에는 모두가 묶여 있죠 잠시 어딘가로 떠났다가 또 금방 돌아오죠 식당과 공원은 너무 가깝고 공원은 회사와 너무 가까워서 다들 정신이 없었어요

공원은 열려 있지만 출입구가 구분되어 있고 모든 곳

을 향해 있지만 어딜 향하지는 않는다

이런 날에 회사에 있는 것이 참 답답하네요
공원을 걸으며 누가 말했고

공원 부지 밑에는 출토되지 못한 유물과 유해가 잠들어 있지만 그건 아무도 모르는군요

그래도 이렇게 잠깐 걷는 게 얼마나 좋은지 몰라요
몸에도 마음에도 정말 좋아요

침묵하던 누군가가 진지하게 말했고
모두가 정말 맞는 말이라고 했다

하해

"저기요, 죽지 마세요"

누가 내게 그런 말을 했다 마포대교를 걷다 가만히 멈춰 서 있을 때였다

그때 나는 수면에 반사되는 빛이 너무 아름다워서 뭔가 잘못됐다는 생각을 하고 있었다 그게 아름다움이 싫다는 말은 아니었지만

"왜 아름답지?"

그건 네가 해안 절벽에 돌기둥이 서 있는 풍경을 보며 한 말이었다

돌기둥을 보고

사람을 기다리다 돌이 된 사람이라고 생각하는 사람의 마음은 무엇이었을까

나는 그렇게 말하지 않았고

“정말 사람 같네”
내 말에 너는 대답하지 않았다

한강은 서쪽을 향해 흐르고 있다

죽지 말라는 말을 한 사람은 저기 멀리 걸어가고 있었고

혼자 점심 먹고 나서 그냥 하는 질문

강혜빈

오늘 점심엔 뭘 드셨어요?

들기름에 구운 두부와 버섯포케. 현미밥. 샐러리와 당근 조금. 그리고 잘 익은 사과 하나.

작가님에게 점심은 어떤 의미인가요?

점심은 나와 친해지는 시간. 나를 대접하는 시간.
재택 근무할 때는 어떤 음식이든 근사한 접시에 담아 플레이팅하고, 손님에게 내어주듯 한 상을 차립니다.
식사에 진심인 편이라 사랑하는 사람들이 끼니를 거르면 제가 스스로를 돌보았던 것처럼 챙겨주려고 해요.

오늘 저녁에 세상이 망한다면 점심에 어떤 시집을 읽으시겠어요?

《밤의 팔레트》. 세상이 망해도 버틸 수 있는 용기를 얻으려고요.

김승일

오늘 점심엔 뭘 드셨어요?

약속이 없으면 점심을 먹지 않습니다. 먹으면 졸리기 때문이죠. 그러면 글을 쓸 수 없습니다. 오늘도 약속이 없었습니다. 오늘 아침엔 잠에서 깨서 연어를 구워서 먹었습니다. 먹으니 졸렸습니다. 졸리지 않을 때까지 놀다가 점심에 글을 쓰러 나왔습니다.

작가님에게 점심은 어떤 의미인가요?

제게 있어 점심은 직장인들이 점심을 먹기 바로 직전의 시간입니다. 제게 있어 점심은 직장인들이 점심을 먹는 시간입니다. 제게 있어 점심은 직장인들이 아주 잠깐 앉아서 쉬었거나 테이크아웃으로 커피만 가지고 떠난 카페입니다. 점심은 텅 비었고요. 잠깐 분주했고요. 다시 텅 비었고요. 그래서 글을 쓰기에 아주 좋은 시간입니다. 모두가 열심히 삽니다. 나는 게으르고 카페는 조용합니다.

오늘 저녁에 세상이 망한다면 점심에 어떤 시집을 읽으시겠어요?

김승일 시인의 《다른 쪽 세상은 오늘 저녁에 망하지 않는다》를 읽겠습니다. 아마도 읽기 전에 써야 하겠군요. 저는 원래 제가 쓴 글을 자주 읽습니다.

김현

오늘 점심엔 뭘 드셨어요?

샐러마리, 라는 식당에서 '엘머불 김밥'을 시켜 먹었습니다.

작가님에게 점심은 어떤 의미인가요?

점심은 마음을 점검한다는 뜻이기도 하지요. 때론 어쩌면 자주 그렇습니다.

오늘 저녁에 세상이 망한다면 점심에 어떤 시집을 읽으시겠어요?

아무리 생각해봐도, 책을, 읽지는, 않을 것, 같습니다. 그렇다고 네 개의 쉼표를 지울 수는 없겠네요.

백은선

오늘 점심엔 뭘 드셨어요?

소고기와 샐러드를 먹었습니다.

작가님에게 점심은 어떤 의미인가요?

자주 늦잠을 자기 때문에 점심은 하루의 시작이자 아침인 것 같아요.

오늘 저녁에 세상이 망한다면 점심에 어떤 시집을 읽으시겠어요?

오늘 세상이 망한다면 점심에 시집을 읽지 않을 것 같습니다.

성다영

오늘 점심엔 뭘 드셨어요?

집에서 만두를 구워서 잡곡밥과 함께 먹었습니다.

작가님에게 점심은 어떤 의미인가요?

점심은 저의 기상 시간에 따라 있기도 하고 있지 않기도 한 어느 시간의 점 같습니다. 아침에 일어나면 점심은 가볍게 지나가는 시간으로 느껴지지만, 늦잠을 자서 아침과 점심 사이에 하루를 시작하면 점심은 아침처럼 느껴지고 점심이랄 것도 없이 어느 하루는 지나가기도 합니다.

오늘 저녁에 세상이 망한다면 점심에 어떤 시집을 읽으시겠어요?

세상이 망하는 장면을 상상하려고 해보았지만 잘 그려지지 않습니다. 저는 가정을 거의 하지 않아요. 가장 그럴듯한 시나리오는, 제가 미쳐서 오늘 저녁에 세상이 망할 거야, 라는 망상에 사로잡히거나 (일어나서는 안 되겠지만)

전쟁이 발발하여 서울에 핵폭탄 같은 것이 저녁쯤에 떨어질 것이라는 소식을 듣게 되는 것입니다. 만약 후자의 상황이라면 시를 읽지 않을 것 같아요. 사랑하는 사람들을 만나러 가거나 그것이 어렵다면 전화를 걸어 목소리를 들을 것입니다. 그리고 밖으로 나가 거리를 걸을 것 같아요.

안미옥

오늘 점심엔 뭘 드셨어요?

버섯크림트러플오일리조또(밀키트로 만들어 먹었어요).

작가님에게 점심은 어떤 의미인가요?

하루 중 유일하게 자유로운 시간.

오늘 저녁에 세상이 망한다면 점심에 어떤 시집을 읽으시겠어요?

《힌트 없음》(제가 어떤 시를 썼나 다시 보면서 망한 세상을 받아들이고 싶네요).

오은

오늘 점심엔 뭘 드셨어요?

섬초가 제철이라 사다 무쳐 먹었습니다.

작가님에게 점심은 어떤 의미인가요?

저는 아침을 먹지 않습니다. 커피를 한 잔 마시는 게 다예요. 그래서 점심을 먹는 일은 하루의 시동을 거는 일입니다. 점심을 먹고 나서야 머리가 돌아가는 게 느껴질 정도로요.

오늘 저녁에 세상이 망한다면 점심에 어떤 시집을 읽으시겠어요?

저녁에 세상이 망하는데 점심에 시집을 읽을 가능성은 낮겠으나, 읽는다면 김혜순의 《또 다른 별에서》(문학과지성사, 1981)를 고를 거예요. 제가 태어나기 이전에 쓰인 시집입니다. 멸망 이후를 생각하면 골치 아프니 출생 이전을 상상하는 것이지요.

주민현

오늘 점심엔 뭘 드셨어요?

코로나로 인해 회사에서 각자 밥을 먹어요. 볶음김치, 두부, 김, 계란 등 집에 있는 반찬을 싸 온 도시락을 먹었어요.

작가님에게 점심은 어떤 의미인가요?

맛있는 음식을 먹고 주변을 산책하며 충전하는 시간, 뉴스 기사를 읽으며 새로운 이야기를 찾는 시간이에요.

오늘 저녁에 세상이 망한다면 점심에 어떤 시집을 읽으시겠어요?

비스와바 쉼보르스카의 《충분하다》를 읽고 싶어요.

황인찬

오늘 점심엔 뭘 드셨어요?

오늘은 막국수를 먹었습니다. 모처럼 춘천에 갔기 때문입니다.

작가님에게 점심은 어떤 의미인가요?

낮에 잠시 숨돌릴 수 있어 고마운 시간입니다. 그러나 하루는 이제 겨우 시작되었을 뿐이라는 것을 깨닫는 시간이기도 합니다.

오늘 저녁에 세상이 망한다면 점심에 어떤 시집을 읽으시겠어요?

문득 떠오르는 것은 오규원 선생의 마지막 시집 《두두》입니다. 그 시집의 자서에는 시인의 마지막 시가 적혀 있습니다.

한적한 오후다

불타는 오후다

더 잃을 것이 없는 오후다

나는 나무 속에서 자본다

혼자 점심 먹는 사람을 위한 시집

초판 1쇄 발행 2022년 2월 14일
초판 2쇄 발행 2023년 5월 4일

지은이 강혜빈 김승일 김현 백은선 성다영 안미옥 오은 주민현 황인찬
펴낸이 이상훈
문학팀 하상민 최해경 김다인
마케팅 김한성 조재성 박신영 김효진 김애린 오민정

펴낸곳 (주)한겨레엔 www.hanibook.co.kr
등록 2006년 1월 4일 제313-2006-00003호
주소 서울시 마포구 창전로 70 (신수동) 화수목빌딩 5층
전화 02-6383-1602~3
팩스 02-6383-1610
대표메일 munhak@hanien.co.kr

ISBN 979-11-6040-759-4 03810